シリウス文書

秋山基夫

思潮社

シリウス文書

目次

ブックデザイン　則武弥

シリウス文書

秋山基夫

マンダラ

Ⅰ

＊

出現する光のしずく
夜空の奥から飛来する光の菩薩たち
銀河の滝を下る結跏趺坐の菩薩たち

微笑するエネルギー

＊

空間は金色から闇に変化する
わたしたちは無限に落下する
時間は闇から金色に変化する
わたしたちは無限に上昇する

＊

赤い花が開く
積乱雲の白い輝きの中心に
南極の氷の底に閉ざされて
青い花が開く

＊
裸体の舟が
発汗し砂漠を滑走する
金属の馬が
発熱し雲海を暴走する

＊
熱風が地平線を越える
緑の意志は裂けて散る
植物群は蒸発し枯れる
人々は夢の袋で裏返る

＊
思想の

サブマリンは
水深１０００メートルの微生物群をサーチライトで照らす
それを誰も見ていない

＊

半球の
赤い夜明けの大気圏を
渦巻き漂流する青い夜
の半球

＊

われわれの希望は
アクア
失われ大樹林にふりそそぐ雨

夜空の水脈

＊

無人の天体エメラルドの星の
なめらかにひろがる湖の岸に
スペース・ボートが漂い着く
億年を経過する如来のように

Ⅱ

＊

夢とわかれば覚めなかったのに
覚めないままに生きながらえて

顔は崩れすすきの野にさらされ
清めの井戸にはらはら花が散る

＊

逢わずに過ごせというのですか
男が離れ主が死に子も失ったが
后の歌合せに歌人として召され
大きな物語の地模様に収まった

＊

嘆きの夜は長すぎますご存じか
貴方の車が表を通り過ぎていく
六月に入ると降りつづく長雨に
嘆きの下葉の色までが移りゆく

＊

中空へたましいがふらふら昇る
黒髪を撫でたお方を恋いこがれ
夢の夢よりもはかない世に臥し
山の端に出る月を待っています

＊

月はむかしのゆめの月ではない
春はむかしのゆめの春ではない
わたしひとりがつまらない春に
つまらない月をうつけて眺める

Ⅲ

＊

丘の上の泰山木の茂った大きな葉っぱに囲われて
野鳩がひねもすグッグーボッボッと鳴きつづける
無視され虐められ死んだ子供らのたましいを載せ
白い大きな花びらの列が気流に乗って去っていく

＊

母が狭い庭の真ん中に挿した花桃の苗木は
五年も過ぎないうちに桃色の花を咲かせた
十年後には庭全体が桃色パラダイスだった
四十年が過ぎて母の死の翌年花桃も枯れた

＊

連翹の出鱈目に伸び出している何本もの細い枝の一本一本に
真黄色の花の四枚の花びらが細くて丸みを帯びた蝶の羽根の
ように先へ先へと連なりあたりはばかることなく乱れ咲いて
少年少女の無方向な希望を春の世界に無邪気に開示している

＊

瀬戸内海の春の海を見下ろすはげ山に
まずつつじが咲いた
銅の精錬所の煙ではげてしまった山に
まずつつじが咲いた

＊

ほろほろと山吹散るか滝の音　芭蕉

熱風が夏のひと月を襲いつづけひとむらの山吹が枯死した
わしゃあやっぱ山吹の黄色が黄色の中の黄色じゃ思うとる
吉野川岸の山吹ふく風に底の影さへうつろひにけり　貫之

*

サルスベリの木が自分の木だと思った
白い花かモモイロの花かどちらだろう
世界樹の枝で何十万年も暮らしてきた
先祖たちがまだリンゴをかじっている

*

藪椿の大木の濃い緑の葉群の暗がりに半身を隠して
真っ赤な大きな花たちがきょうも眼前に咲いている
一木一草も持ち出せぬ神の山からころがり出た実が

どこの誰とも知れぬ者に運ばれて眼前に咲いている

Ⅳ

＊

ワタシはやつめが巨人ではなく風車だと知っていた
ワタシはほんとうは死ぬべきではないと考えていた
ワタシは選ぶ道がないから己の義務に忠実に生きた
ワタシは犬のように殺され屈辱が生き残ると思った

＊

カーニバルの熱狂する群衆の中にガランスが消える
バチストの叫ぶ白い顔が群衆の彼方に押し流される

１９４４年８月２５日パリはナチスから解放された
天井桟敷から溢れだした群衆が大通りを埋めつくす

＊

物語の外にさらに大きな物語が際限もなく存在する
そこからくる関係性が物語の内部を支配し腐食する
ひとびとは衰微へ向かって秋のような季節を生きる
五十四帖のページを閉じて見えない因果律に怯える

V

ふ
るさと
なし　方言なし
家族朋友などなし　こそ
の雪　群雲の月　グラスの花びら
砂糖の星　ゼリーのマガタマ　クラゲ
の毛細血管などを好み　狼の毛が
まだらに抜けた真似して
まだ生きていて
ふるえ
る

パープルレター

＊夢の中から

夢の中の、あるいは夢の夢の中の、町。——金井美恵子「夢の時間」

……夢の中から壁を越え
こちら側のベッドで目が覚める
眠りに落ちる前にはぼんやりした明かりが天井から射していてデスクの上の壁に掛けてあ

る小さな額縁の中の油絵が岬の先端の灯台を描いたものであることくらいは見えていたの
だが目を覚ましてみると密度の濃い闇が部屋いっぱいに詰まっていてどうにもならないか
らとりあえずベッドをおりて素足のままベッドの左側にあるはずの窓の方へ手探りで進む
うちにようやく指先がカーテンの分厚い布に触れ急いでカーテンを引き開けると窓ガラス
の外にも膨大な闇がありそれを眼球に力を入れて覗きこむ……

……夢の中から脱け出し
見知らぬ街の大通りの真ん中で目が覚める
青い月光に照らされて両側のプラタナスの並木はその一本一本が根元には黒い影を落とし
つつ遥か前方まで一点透視図法的につづき無限遠点まで延びていて気づくと大通りそのも
のがほとんど動かない速度で前へ動いているのでとにかく前傾姿勢をとってがくがくと前
進する……

……夢の中からこわばった体のまま
見捨てられた石切り場で目が覚める
目の前に石を切り出した跡の巨大な壁が垂直にそびえていてその遥かの高みに小さな半月

刀のような月が懸かっているのを首が痛くなるまで見上げるその姿勢のままで後ろに倒れていく体をとっさに両腕をねじって地面すれすれで受け止めやっと目が覚めてホテルの廊下の角を直角に曲がり同じような廊下を歩きつづけ何度も直角に曲がって歩きつづける……

……夢の中からようやく

ほんとうのホテルにたどりついて目が覚める

エレベーターのドアが開きさっそくのりこんで操作盤のボタンの一つをどのボタンにもフロアーを示す数字がなく白いままなので適当に押すとエレベーターは滞りなく上昇しどこかのフロアーで停まり扉が開いたので素知らぬ顔でおりて廊下をすたすた歩いて泊まっている部屋を目指すのだが部屋の番号が思い出せず手帳を繰ってもこのような事態に備えて記録しておいたはずのページが抜け落ちているのでやむなく目の前のドアからしらみつぶしに探索作業を開始しどのドアもロックしてないから用心の悪いホテルだと思いつつ首を伸ばしてのぞきこむすべての部屋が窓の位置もベッドの位置もまったく同じでデスクの上の壁には岬の先端の白い灯台の絵が掛けてあり近寄らなくても岬の先端の岩礁に倒れかか

る波頭の白いしぶきの一滴一滴を描いた白い絵具の小さな点に付着している灰白色の微小な汚れにいたるまでがまざまざと見えて夜が明けているのだとほっとする……

……夢の中から壁を越え

こちら側のベッドで目が覚める

ルイ王朝のロココ風のベッドの周囲に垂れ下がる薄い絹の幕の内側でふわふわの蒲団に沈みこむのをいつまでも楽しんでいるわけにもいかずベッドから転がり落ちて廊下に出てドアのナンバーを確かめるとそれは×××でそういえばどのドアの番号も×××だったことを思い出しだからどのドアを開けてもそこには同じ部屋しかないのだと思いつつ次々にドアを開けていくと北国の継ぎはぎだらけの掻い巻きが何枚もたたんでおいてある部屋がありまたカサブランカが一本投げ出してある回転ベッドが回転している部屋がありまた何とか千家の茶室にそっくりのトイレもベッドも何もない部屋がありまた先ほどまで古い木の事務机で事務服を着た女性が出納簿に記入していた部屋がありまた部屋の隅にきちんと畳んだ煎餅布団一組があってその上に置いた小さな枕の位置が妙に正確な部屋がありどの部屋もそこに泊まっていたのか泊まっていなかったのかどちらの記憶もないからいまいる部

屋が泊まっていた部屋でないことがはっきりしている以上やはりどの部屋も番号が同じなのはおかしいのだから早くしないと手遅れになるとあせる……

……夢の中から壁を越え

こちら側のベッドで目が覚める

デスクの上の壁に岬の先端の灯台を描いた油絵が掛けてあるのでほっとしてこのホテルは岬の灯台が見えるホテルとして有名でそれでここに泊まっていたことを思い出しカーテンを引くとすぐ目の前に白い灯台の上半分が現われ窓から手を伸ばすとさわれそうなので全身を乗り出したとたん重心が移動してホテル全体が前方にガタンと大きく傾き灯台は見る見る崖の下に沈んでいきさらに身を乗り出すと顔面すれすれに灯台の先端の巨大な電球を内部に容れている厚いガラスが滑り落ちすべてが猛烈なスピードで断崖の下の泡立つ海へ落ちていく……

＊＊パープルレター

書くこと以外に夢の中から出る何か可能な方法があるだろうか。

ご無沙汰いたしております。丁度旅行から帰ったところで、あなたもよくご存じのK文房具店で求めてまいりました紫色のインクが間にあってさっそく使ってお返事を書いてみます。以前あなたとお手紙で何度も感想を述べあった「岸辺のない海」を書いた作家の別の作品の中に山括弧を付けた〈紫色のインク〉という表現を見つけたので、いつかぜひ紫色のインクを使って実際に文字を書いてみたかったのです。あなたもそうだと思うのですが、緑色のインクを使っていい気になって詩なんかを書いていた若いころを嫌悪や羞恥の感情なしに思い出せる年齢になってしまいました。ほんとうはまだ旅行中で海辺の古ぼけたホテルの一室のデスクで書いているのです。当分帰宅できません。またお便り差し上げます。

和歌二十八首を読む

休日の夏の竹下通りの人混みできみを見失い何度も往復して探した
帝都大東京の大空襲の大火災の中でわが子の手を放した人もいます
生きのびて朝日が射す焼け跡の焦げる臭いの中でみんな探していた
秋山の黄葉《もみち》を茂み迷《まと》ひぬる妹を求めむ山道《やまぢ》知らずも　柿本人麻呂
山の中はたちまち闇が訪れどうにもならないから木にもたれて寝る
木漏れ日がちらちらすると誰かの背中が見えたりしてすぐに消える

葛《くず》の花　踏みしだかれて、色あたらし。この山道を行きし人あり

釋迢空

山中他界の径の奥に姿を消した人を追いかけて何年も歩いています

幾山河越えさり行かば寂しさのはてなむ国ぞ今日も旅ゆく

若山牧水

世の盛衰それはそれだけのことだろう山中他界はひき返す径がない
幸福の青い鳥を求めて満州に少年まで勇んで行ったほんとうの話だ

防人に行くは誰が背と問ふ人を見るがともしさ物思ひもせず　防人

引き揚げ船の甲板で力いっぱい手を振りました故国に着いたのです
焼け落ちた駅の地下道に餓死寸前の戦災孤児らがうずくまっていた
要約すればようやく雨風をしのぐ焼けトタンバラックで二年生きた
生き残ったのは運がよかっただけだから戦争責任がないはずがない
父と母の人生を思うと戦争で死ななかっただけでもうけものです

妹として二人作りしわが山斎《しま》は木高く繁くなりにけるかも

大伴旅人

萩の花尾花葛花なでしこの花をみなへしまた藤袴朝顔の花

山上憶良

せりなずなごぎょうはこべらほとけのざすずなすずしろみな食った
サツマイモのツルまで食って餓死を免れた日々を死んでも忘れない
昨年ミニトマトを作ったところたくさん採れたがみな酸っぱかった
空襲といじめと虐待と暴力と事故と飢えと寒さで死んだ子供が多い

わが屋戸のいささ群竹吹く風の音のかそけきこの夕べかも

大伴家持

夕風にほんとうにかすかな音をたてる笹竹をくれた人も世を去った
田中英光はオリンピックと革命運動を書き太宰治の墓前で自死した
スポーツもスクリーンもセックスもすべてを彼らはかすめてしまう
現場検証は手順よく終了し無い臍繰りが盗られていなかったホント

貧乏人は麦飯を食っていたから金目のものはカナリアのラジオだけ
藤沢嵐子が歌うラ・クンパルシータをかならずラジオで聞いていた
人並みに頑張って生きてきたけれどわたしは右足も左足も遅かった
ドーナツの穴は大きい方がいいのかセルバンテスに聞いてみようか
目覚めよ眠い人！降りる駅を乗り過ごしたらあとはターミナルだよ
さっきまでじいさんは友だちと賑やかに楽しく酒を飲んでいたんだ
さつきまつ花橘の香をかげば昔の人の袖の香ぞする　よみ人知らず
薄桃色の小さな髪飾りをつけて五月の光のなかにあなたが出てきた
淡き光にもうあなたは魂も肉体も透明になりわたしも透明になった
木の葉どんぶりを二人で食べてそれだけでもう十分にうれしかった
濃き薄き色目も見えぬ夜の雨にあやめも知らず恋ひわたりけり
よみ人知らず
炎天の七月五食の飯つきで十六時間の藺草刈りのバイトもしました
重い頭も薄い眉も他人の目の餌食にされるとサルトルが言いました

深夜の踏切に警報機が鳴りつづけ汽笛が星空に臆病な魂を解放した

月やあらぬ春や昔の春ならぬわが身ひとつはもとの身にして
在原業平

百倍の競争に負けて就職できなかった何としても食わねばならない
だんだん低いところに動いて行った兎に角今夜も食わねばならない

唐衣きつつなれにしつましあればはるばるきぬる旅をしぞ思ふ
在原業平

東京へ行くなと言った人も東京へ行き行きたい人も行くなと言った
馬鹿のようなことが真面目に議論された浪漫の時代がありに蹴る鴨
ふるさとを作りたまえといわれて啄木なんかはどないいうんやろか

あはれかの我の教へし
子等もまた
やがてふるさとを棄てて出づるらむ
石川啄木

ふるさとを捨てた人には一億円も一円も貰えないどうするどうする

函館の青柳町こそ悲しけれ
友の恋歌
矢車の花　　　　　　　　　　　　　　石川啄木
すれっからしの時代だからさらば青春！とか言ってみたかったのか
シンチュウグンのJEEPの闇の闇にハローぎぶみーチューインガム
空が青い日にはいやな奴らがぞろぞろと雁首をそろえ分列行進する
藤沢嵐子がスペイン語で歌うラ・クンパルシータを思い出していた
花の色は移りにけりないたづらにわが身世にふるながめせしまに
小野小町
髑髏の目から芒が生えた人の供養塔は博打のお守りにうち欠がれた
上野の東洲斎写楽展で大谷鬼次の大首絵を何枚も何枚も何枚も見た
ゴッホは右耳に包帯をした自画像のモデルをどのようにして見たか
鏡の国のアリスを見ならえ！新しいルールが新しいドラマをつくる
ガタピシの音楽喫茶の木の椅子でロンド・カプリチオーソを聴いた

ロカンタンが出て行ったドアの内側でかすれた声で女が歌っている
北村太郎のセンチメンタル・ジャーニーがぼくの詩の始まりだった
闇市の人混みのセンチメンタル・ジャーニーが浮浪の始まりだった
満員の夜行列車の通路の床に新聞紙を敷いて膝を抱えて朝を迎える

これやこの行くも帰るも別れては知るも知らぬも逢坂の関　**蟬丸**

旅人は帰り窓は閉じられ妻と子とチャブ台を囲みすき焼きを食べる
もうお父さんはどこへも行きませんみんなと一緒に団地に入ります

わくらばにとふ人あらば須磨の浦に藻塩垂れつつわぶと答えよ

在原行平

須磨に住む亡霊に案内され子規療養の浜辺の薄闇をうろつき歩いた
子規の写生理論は初心者激励の方便なのに駄目な弟子まで騙された

瓶にさす藤の花ぶさみじかければたゝみの上にとゞかざりけり

正岡子規

花瓶のサイズ形状置かれた位置花房の長さすべて子規は言語化した

リアリズムとは対象の質量を数値化できるように言語化する理論だ
フェルメールの絵は三次元に転換できないそれが芸術の思想なのだ
何も見えていないくせに心情を表現するなんて難しいことをいうな
別れははっきりしているのにいつまでもぐずぐずと居酒屋で粘った

秋来ぬと目にはさやかに見えねども風の音にぞおどろかれぬる
藤原敏行

死んだ人が植えた庭先の細い竹がかすかに揺れかすかに音を立てる
死んだ友と別れた女しか思い出せないこんなことでも一生だろうか

むすぶ手のしづくににごる山の井のあかでも人に別れぬるかな
紀貫之

赤蛇の妄執が野を越え山を越え里を越え男を追いつめ男を巻き殺す
蛍の宵に母につれられて兄弟四人夜の道を歩いたという記憶を作る

あらざらむこの世のほかの思ひ出にいまひとたびの逢ふこともがな
つれづれと空ぞみらるる思ふ人あまくだりこん物ならなくに

くらきよりくらき道にぞ入りぬべきはるかに照らせ山の端の月
和泉式部

幻想だから実現するのだと闇雲に月もなく山もなくがんばりました
もうだめです神仏にすがりたいと思う時もあったががまんしました
般若心経の呪文にとり憑かれ行け行けお前は行けと叫んでみました
東京外大スペイン語科に入りたかったアタマ夢のような嘘のような
藤沢嵐子がついにアルゼンチンに渡りラ・クンパルシータを歌った
一九六八年四人の米兵の脱走記事を見えないものを見たように見た
岩国のホビットは米兵でいっぱいだったが次の年はガラガラだった
もう一度もう一度と逢いつづけとうとう嘘のような結末が来ました
結婚しようなんて何気にいうから窓に白いカーテンが揺れるのです
小林隆二郎が北陸線のホームでギターのコードを三つ教えてくれた
米軍のアーミーコートを着てギターケースを提げ新宿の街を歩いた
ポエトリー・リーディングとJAZZなんて括弧つけ過ぎと思います

やっと帰ったわが家は黄色い花が咲くばかりと片桐ユズルが云った
見渡せば花も紅葉もなかりけり浦の苫屋の秋の夕暮れ　　藤原定家
ないものを見せるのが芸術の要諦だと説く者がいてなるほどと思う
ないものはないのだからあるといわれてもやっぱりないものはない
そろそろこの和歌集もおわりが近くわたしはすっかり疲れちゃった
心なき身にもあはれは知られけり鴫立つ沢の秋の夕暮れ　　西行
山頭火のように倒れるまで歩き倒れたところが行き着いたところだ
「うしろすがたのしぐれていくか」のような自分を自撮りで見せる
放哉も山頭火も生活費の収支をきっちり把握していた芭蕉も同じだ
曼珠沙華がいちめんに咲いている真っ赤赤の土手にしばらく転がる
病める児はハモニカを吹き夜に入りぬもろこし畑の黄なる月の出
北原白秋
日曜日洋風応接間付きモダン住宅から郊外電車で百貨店に出かける
アドバルーンが揺れるモダン都市東京を麻の背広にパナマ帽で歩く

都心から遠い遠い大団地も老朽化してポストモダンとなりに蹴る鴨

寂しさはその色としもなかりけり槇立つ山の秋の夕暮れ　寂蓮

じいさんの愚痴のような自慢話は暗い暗い海の底の海星に食わせろ

きみよなげくなかれわれらかつてシリウスに在りて戦せしことあり

春の夜の夢の浮橋とだえして峰にわかるる横雲の空　藤原定家

風通ふ寝覚めの袖の花の香にかをる枕の春の夜の夢　俊成卿女

パントマイム上演台本三曲

ピエロと花と雨と虹

世界が開幕する
ピエロが花咲き乱れる野原に登場する
ピエロが花の野原をジャンプして走る
ピエロが一輪の赤い花を見つけて摘む

ピエロがそれをうやうやしく胸に挿す
ピエロが黄色い花を摘み青い花を摘む
ピエロが摘んだ花でだぶだぶ服を飾る
ピエロが全身花だらけの花人間になる
ピエロが幸福であり最高に幸福である

雨が降ってくる
花人間があわてて樹木の傘に逃げこむ
花人間が顔に落ちる雫に肩をすくめる
花人間がよけきれない雫をよけて動く
花人間が空を見上げまた空を見上げる

空が明るくなる
花人間が大喜びして樹木から跳びだす

花人間がジャンプして花をまき散らす
舞台に虹が出る
わたしが虹の頂きに立ちお辞儀をする

影絵

観客たちは座席に着くと舞台前面の閉め切った真っ白い4枚の障子を見てその向こう側がどうなっているのか知りたくて知りたくてうずうずしだしているのだがいつまで待っても障子は閉まったままなのでたしかさっきベルも鳴ったのに障子が閉まったままなのはどうしたことか（という期

待を通り越したイライラの醸成で始まって）
観客たちは夕暮れから夜になりそのまま闇につつまれている自分たちはいつまでも白い４枚の障子を眺めているだけの存在なのかと怒りに似たあきらめ気分とあきらめに似た怒りの気分を延長させつつこれが今日《こんにち》芸術家《アートハウス》のペテンだとしても何もない退屈よりはましなのだからと無理やり寛大気分になって座席にふんぞり返ってみるものの何も起こらないのは何も起こらないのだからイライラがイライラつのりイライライライラポップコーンでもまき散らしたろかと腰を浮かしかけるその瞬間を見澄まして障子の向こうがうすぼんやり明かるみ何やらしらん人といえば人のようなものの影がうすぼんやり障子に映りやっと始まった！と身をのり出す観客の目に舞台奥で操作する強力スポットライトから立ち上がる光線の先端が障子に衝突してそこに現われ

た仲秋の名月の3倍くらいの輪切りの断面的明るい◯《まる》が上下左右斜め十文字卍巴にぴぴぴッぴーらーあぴーぴッぴぴッぴらららぴぴぴーぴぴと（スポットライト遊戯《ゲーム》はすっかりいい気になって現在時でつづき……もういいから次をやれ！と叫ぶと）

一つの黒い影がそれは一人の登場人物が背後から強烈ライトを当てられて障子に映しだされた黒い影がそれは格別に黒くて巨大蝙蝠がバタバタ聞こえない羽音を立てて障子の向こうの空間を飛びまわっている影そのものでその芸もなくただバタバタ飛びまわるだけのバタバタ飛行が果てしなく3分も4分も繰り返され観客たちはこんなもんいつまでやっとるんじゃーー別のもんやらんかいおもろないでえとザワザワを開始する

（そこを狙って狙っていたにきまっているが）

シルクハットマントステッキの仏蘭西探偵冒険小説の雄アルセーヌ・ルパンもどき怪人の巨大な影が障子に立ち上がりステッキをダルタニアンフェンシングの剣さばき的にチャカチャカチャカチャカあやつりまくり舞台広しまた狭しと誰の目にも見えないから存在しない悪党ども相手にライオン疾走ジャンプ的の大活劇をつづけじょじょに打ち負かされついに舞台の奥に追い詰められついに消滅しあとは何分何秒待っても何も映らず闇の中にうすぼんやり4枚の障子が立っているだけの馬鹿時間がつづきもういいかげんにしてくれと観客がつぶやくと

(パッと場内が開演準備中の明るさになりしかしそれっきりで待っても待ってもそれっきりなのでついに指笛があちこちでぴーぴー鳴りだすと)

舞台に何人か作業服の連中が当然のように出現しある者は

4枚の障子を片付けある者は黒い花輪を運んできて中央に設置して立ち去るので観客たちはやっぱり何か始まるにちがいないと無理に自分に言い聞かせていると何も始まらずやっぱりこれで終わりかという雰囲気がざわめき始めたトタンにすべての明かりが消え真っ暗闇の中にただ一本のスポットライトが舞台中央のシルクハットマントステッキ怪人を照らしだしそいつが虫の息で床から立ち上がり長い長い時間をかけてわが身を怪人の仮装から譬えるなら芋虫がさなぎの殻から逆脱皮するようにわが身を解放するべくくねくねペコタンペコタンなどの動作をつづけてついに全身的自由を獲得していくのだが実はこのPの仮にいまこの登場人物をPと呼ぶならこのPの解放演技をいくらか気がひけるがあえて説明すれば関節が逆に曲がる背骨が逆に曲がる首が前後逆にくっつくといった初歩的な段階から一気に

二桁跳びで関節の数が倍増し腕と脚とが曲がって曲がって
3つに曲がり背骨が二重螺旋状に変形しいまやPはピョン
ピョコぴょんpyoko跳ね弾む肉体に変形しその肉体に
自分が自分でビックラ仰天する間もなくまことに困ったこ
とだがそれは魂のようなものが脱出するそのような演技な
のだからそれを苦もなく楽々と無難にこなしたPはいまや
自分が自由自在の浮遊力をもっていることを証明するべく
（つまりパースンとパピヨンとピエロとポエットが珍妙に
合体したのだから）
自由自在に跳ね跳びまくりそれがきりもなくつづきついに
疲れ果てたPが何やら合図したにちがいないのだがうすぼ
んやり明かりがともされ何しろ一人何役もやらなければな
らない少数精鋭の劇団だからPは急いでカーテンの後ろに
隠れて影絵だ影絵だと声を出さずに大声で指示すると大道

具の人たちが慌ててさっき片付けたばかりの4枚の障子を舞台裏から担ぎだしそのPはというと黒い花輪をこれも演出のうちだという仕草みえみえで舞台裏に運びこんだりバタバタバタバタバタするうちに4枚の障子が舞台前面に設置されそれを合図に観客たちの誰ひとり気づかぬうちに舞台上手に吊るされていた巨大銅鑼が大音響で鳴り響き障子に映しだされたPの黒い影がシルクハットを脱いで大仰に一礼しジャンジャン鳴りまくる銅鑼にあわせて何ともはや軽やかにタップのステップを踏みへたくそでも影だからとごまかすうちに突然その影は巨大に膨張しヤヤヤと思う間もなく扁平に圧縮され斜めに伸び上がり天井に消えばたーんと音もなく倒れビー玉ほどにちっちゃく縮小するなどのクライマックス映像が出鱈目的に規則正しく連続しあれよあれよと声を出さずに叫ぶ観客がそこにいっぱいいるのに一

人もいないように予告も何もなくすべての明かりがひゅー
どろどろと消え障子に映るPの影も薄らぎ世界は衰弱して
消滅する

ピエロの八変化

ピエロが鬼の面をかぶって
　ヤッとばかりに柳の陰からおどり出る（拍手なし）
ピエロが天狗の面をかぶって
　えいやあと柳の枝から舞い降りる（拍手なし）
ピエロが
　柳の枝に鏡を吊るしせっせと顔を作る

長い髪をかぶり振り向くとお岩さんが現われ
ひゅうどろどろどろどろ（擬音が入り）
　両手をぶらぶらさせて舞台を一周し
　柳の幹に隠れてこちらを覗く
通行人がつぎつぎに素知らぬ顔で通り過ぎる
ピエロが柳の幹から
　顔をのぞかせアカンベーをしてそれから出て来て
　　舞台狭しとワルツを踊る（ひどい音楽）
　そんなこんなで時が過ぎうしろ向きの
ピエロが振り向く
　その肩越しの顔ののっぺらぼー

注　以上三曲は山崎繁男氏のパントマイム公演（劇団「びっくり座」一九八三年、八八年）の台本および舞台の記憶による。

雷神伝素描

去歳世驚作詩巧／今年人謗作詩拙――「菅家文草」

ぎょろ目の青鬼が黒雲の上を疾走する
巨大な風袋を全開し大暴風を吹き降し
台風一〇〇個で下界はめっちゃっ苦茶

巨木が倒れ
掘っ建て小屋が吹き飛び
村の全部が吹っ飛ばされる
国分寺の瓦がばらばら剥がれ
五重塔が舞い上がり飛んでいく
「風の声を聴け」

春にはわが屋敷の
梅の花よ　お前は馥郁と香る
東風にのせその香りを寄こしてくれ

わたしは幼くして詩を作った
「梅花似照星」
詩歌はわが思いの外にあった

わたしは左遷され幽閉され
食べる物もなく幼子はたちまち餓死し
ひたすら赦されて都に還る日を待った

「卿らは報いを受ける」
左大臣よ　お判り頂けただろう
宮殿の屋根の下に隠れても
強力光線が脳天を貫くぞ
おののいて耳を塞いでも
真実は大きな音を立てる

豚耳の赤鬼が黒雲の上でダンスを踊る
天鼓をドンドドピカピカドッギャーン

落雷一〇〇〇個下界はめっちゃっ苦茶

私小説

昼の食事用に近所のコンビニで買ったおむすび二個をいれた白いビニール袋をぶら下げて帰ってくると、玄関脇の山茶花の丈高く伸びた枝に群がり咲いているピンクの花に冬の薄日がさして華やいでいて、その根元にすでにいちめんに散り落ちたピンクの花びらの一枚に重なって頭の部分がなくなったクワガタの死体が腹を上向きにして落ちている。康雄は一歩近づきさらに顔を近づけて眺め、それから立ち上がってそのままそれをぼんやりと眺めていた。（眺めるともなく眺めながらそのままの姿勢で眺めるともなく眺めていた。）

康雄は最近死についてとりとめもなく考えることが多く、考えているうちに知らぬ間に死んだ人たちと話をしていて、ふと外を見るとすっかり日が暮れているのに格別それがおかしなことに感じられなくなっていて、コンビニで買ってきたおむすびがいつの間にかなくなっていて、食べたという確かな記憶がないことが先ほどから気になって仕方がないのだった。確かに食ってしまったことはおむすびの包装紙が白いビニール袋に入っていることから確かなことだとわかるのだが、クワガタの頭の部分はどこにあるのだろう。あの頭のないクワガタはついさっき死んで頭をもぎ取られてあそこに捨てられたにちがいないが、なにしろ死体は生きがよくてというのもおかしいくらい新鮮で十月から二か月もあそこに放置されていたとはとうてい思えない。(留守の間に誰かが置いていったにちがいない。)

康雄は詩を書いていて独り暮らしで詩を書くのが好きで詩集も二、三冊あり、世界情勢から人類文明の発生から自分の誕生以来のすべての思い出から国内政治から銀河系宇宙の消滅から気に入らない詩人の悪口まで要するに人生は愛と死だから書くことはいくらでもあったから、康雄には才能も哲学もなかったがそのかわりひまと勤勉さがあったから、康雄に困難は何もないはずなのに、二十歳で詩を書きはじめた時から、何回読んでもわからない難解な詩が書きたかったから、なにしろその頃は難解な詩が大流行で、ほんとはみんな頭が回らなかっただけだったが、それに気づかない康雄は初志貫徹をいまもつらぬいているのに、康雄の詩は読んだだけのことが読んだだけわかってしまうわかりやすい石ころだと難解な詩人から軽く見られているのを康雄は絶えず以下っていて、難解呼んでもわからない何回な詩を書く南海明解さんの洋梨を書くべく毎度兆千するのだが、初発の瞬間には少しだけあった閃きも何回も難解も欠いて欠いて欠いているうちに用無しのよう梨になってしまいわかりやすいねえといつも言われて、(康雄は身の不幸を嘆く日がつづく。)

クワガタに関しては昆虫図鑑が一番わかりやすいが康雄とクワガタの関係についてはどの昆虫図鑑にも出ていない。ところで関係と関係性とはどうちがうのか。関係と関係性との関係の関係性はどうなっているのか。康雄とヤスコさんとの関係はどういう関係性なのか。クワガタと康雄の関係性がどのようなものであっても、ヤスコさんはクワガタの頭をちぎって、康雄が出かけるのを見澄まして、山茶花の宿という名曲を鼻歌しながら、門扉越しに散り敷くピンクの花びらのあたりに投げ込んだのだから、ヤスコさんと康雄との関係は尋常ではなく、こういう関係の関係性はご近隣トラブル系もしくはサイコパス系だろう。康雄はあたまの中でぐるぐる回って逃げ回るN極とS極詩人たちについての悪口の詩を書きはじめ、彼らはつねにぐるぐるしているから彼らには〈孤独は自立の証明である〉という真理の一行がふさわしくないことを読者に納得させるべく康雄はおにぎりを食いつつ世間相場の努力をする。ヤスコさんはクワガタの頭をどこに隠したのか。〈山茶花のピンクの花の真ん中には真黄色の大きな蕊があり青蠅が潜り込んで出てくると花粉まみれの蜜蜂に変身する。〉小学生の康雄は父の大きすぎる期待に応えるべく特大画用紙十八枚にカブトムシの細密きわまる細密写生画を夏休み中かかって描いて先生に褒められた。康雄少年はまず一枚にその威風堂々たる格闘家的全体像を描き、つぎに触角、目、口、髭、脚、羽根、甲殻などの各パーツのスケルトン図を十倍サイズで順次描いていき、内部構造の概念図を六分割で描いていき、各種昆虫図鑑の記述を比較しつつ面白文にリライトしてまとめ、最後に正誤一覧表を作成したのだった。その時も青蠅か蜜蜂か何かが飛び回っていた。世界は平凡である。

句集評

――大野呂甚大句集『くりごと』を読む

（紹介する大野呂甚大氏はいわば市井の俳句好きに過ぎない人物だが、その俳句好きが昂じてある晴れた日に句集の刊行を思い立った。誰かが唆したのだろうが、実に罪深いことだ。）

カブトムシ兜をむしればただの虫

ムシが三匹いて凄い凄い凄いのだ
だれだって無視できないできない
でも独創性がないからないからね
薬味もない鴨の禰宜なんだからね
アイウエオかきくけこさしすせそ
たちつてとなにぬねのアイウエオ
はひふへほまみむめもアイウエオ
やいゆえよらりるれろアイウエオ
わアアアアアアアアアいうえお
否応なしの音韻構造に乗っかった
見事なレトリックの青林檎だろう
ジュゲムジュゲムのすり鉢で潰し
ヘチマの事故と鉢巻故事を混同し
ナマズがヒョウタンをダンダンし

タンスから這いだすはだかの虫が
寒そうに細い脚でそろりとうごく
ただそれだけの句なんですがねえ

（甚大氏は音韻の遊びに詩的大喜びを感じる
いくぶん偏った人ですが、それだけの人です。）

島の秋孫の手亀の手仏の手
お盆休みで息子が過疎の島に戻る
爺さんが都会育ちの孫の手を引き
海辺の岩のカメノテを見せに行く
孫は十干十二支亀は万年仏は永劫
これらの時間には手がついていて
ひとびとを極楽浄土へ連れて行く

昼間の港は猫ばかりがうろついて
音韻遊びに手ばなしで泣くのです

　枯れ山に勘三郎がかあと鳴く
鳥が四度鳴くが一度は聞こえない
その日暮しの卍郎的の鳥の勘三郎
マカロニウエスタンの砂塵の中を
破れ三度笠傾け廃村を去っていく
カア　（カア）　カア　カア

　除け者のけもの物の怪花の闇
芭蕉さえ韜っておけばええという人がいるが
砂糖黍も韜ったらええと思うが子規が特に好
きだった蕪村なんか韜らんでもええという人

もいるだろうが詩人は文人すなわち知識人で
ありますがそんなん知らんという人もいるが
甚大氏は文人ではないが蕪村の猿真似なんか
やっていてこの句の古典趣味も相当のものだ
NOKEMONONOKEMONOMONO
NOKE音韻魔力超絶技巧絶頂に大笑いする

憚りの闇に不如帰聞くばかり
闇の奥に卯の花の白い色が見える
風の揺らぎに花橘の香がただよう
不如帰が山の冥界から降りてきて
蜥蜴を食ってはテッペンカケタカ
一日中赤い口から血を吐いて鳴く
暗闇の厠で不如帰を聞くは凶なり

バカリバカリで十七音の３割４分
とは想像力のばかに経済的使用だ

観音の慈悲のおならや寒椿

観光地の観音さまのお堂のなかで
妙齢のご婦人がかすかな音をだし
年配のご婦人がすかさず声をあげ
アラアラアラ観音さまイヤですわ
自分の仕業をごまかすふりをする
江戸川柳か小咄の焼き直しだろう
観音さまは衆生など勝手にさせて
寒椿の赤い花を思い浮かべている

ソバージュの女蕎麦食うそばで呑む

洋梨のような詩を書くような夜
臍繰りを刳り貫かれたり庫裡の栗
山茶花の花びらびらとびらびらと
出鱈目が出放題に出る大欠伸です

（最近の氏は新しい句風を工夫して好調だ。二三句を示し読者諸氏のご批判を乞いたい。）

わが理性西瓜は二枚の断面図

まあ写生などという素朴なリアリズムに激励される人はもういないだろうというのは対象をあるがままに見てあるがままに書くことなどは人間業ではないのであってこの句のようにすることがやっとこさっとこ人間にできる

ことなのだというかれの認識論を読むべきだ

人類忌千億兆の蟻の脚
妄想が野放図に過ぎるでしょうか
文学はなんでもありが大前提です
甚大氏もここからまたも出発する
大言壮語風でがりがり齧り始める

朱の舟天の高さに浮かび漕ぐ
巻雲にとんぼの目玉置き忘れ
列島烈日翼なき者の列
月高し地べたに犬の字に寝る
月清か地べたに影の阿弥陀仏
薔薇の窓王子の頬の青い色
鍬形の兜の下の修羅の虫

書家曽我英丘を悼む

鬼が現われて
巨大な筆で
空に
浮いたまま
筋骨隆々の脚を踏ん張り
白い雲に

巨大な字を書く
書いては
空を疾走し
書き
また書く

青龍

玄武

朱雀

白虎

空の果て
海の果て
水平線を
巨大な筆が走る

日が落ち暗い空間は波の音ばかり

目の高さで涙が落ちた

随筆

＊

散文詩について、詩誌やら詩集やらに載っているある種の文章——折々の随筆、たまたまの随想、ひとときのエッセイ、きょうこの頃の日記、みんなの手記、日帰り旅行記、紋切見聞録、比喩だらけの記録、成人用童話、日々の怪異譚、小さな小説、雨の日の街頭演説、骨折脱臼文例、雑な雑文、……これらは何なのだろう、詩なのかどうなのか、いつまでもはっきりしないままに一日中ああだこうだととりとめもなくとめどなく考えつづけて十年も二十年も過ぎたわたしの頭のぼんやりさ加減にあらためて呆れつつ寝床に入って眠ってしまって見た夢のなかでなんとも怪しく物狂おしいことではあるが、はるはあけぼの、なつはよる、あきはゆうぐれ、ふゆはつとめて、……とひとりの年配の人が耳元でささやき、そうかそうだったのか、あれこれ捜しまわらなくてもこれがまさに散文詩だったと眠ったまま開眼し、春・夏・秋・冬それぞれにちがった刻限を割り振り、それぞれについての万人の美意識を紹介し、もちろんそれだけでなくそれぞれについての独自の美的判断を提示し、そうしてこれらが四連構成という形式において記述されていて、この点はとくに注目しなければならないのだが、しかしこれらのことはじつは多くの凡庸な詩人でも容易にやれることをやっているにすぎないので、つまりこのようになんらかの形式上の配慮がなされることは散文詩についていくらかでもまじめに考える詩人ならすでにやっているありふれたことにすぎず、目の前にある散文がだれの目にも疑いなく詩であることがわかるためにはこういう形式的な整備をしなければならないというそういうことにすぎないのであり、だからそれが優れた詩であるためにはさらに何かが必要なことはいうまでもないことで、この詩の場合は末尾にいたってそれまでは色彩の美において一種の統一性が与えられていたのをとつぜんほんとうにくだらないものをもってきてすべてをどっちらけの灰神楽にしている一点において優れているということができ、たしかにその内部に自己否定の契機をふくまずに優れた作品でありうるはずがないことはすべての芸術においてしかりであるということなのだ。

＊＊

大学生が角帽をかぶっていた頃に大学生だったわたしは角帽をかぶって、襟にSの徽章をつけた学生服を着て、ノートと位相幾何学の薄い教科書と仏蘭西の翻訳小説、いや翻訳の仏蘭西小説、いや仏蘭西の小説の翻訳をブックバンドで十字に縛って、肩にかけ、毎朝校門をくぐっていたその頃、襟にLの徽章をつけた新しい友人が、国文学研究の泰斗や碩学たちの中には、紫式部と清少納言、いや清少納言と紫式部を、紫女と清女または清女と紫女と呼んでいる人があると話し、業界の事情も女性の敬称もよく知らないわたしは、これはなんだ、なんだ、なんだか妙に馴れ馴れしい、いやなまなましいと思い、それじゃあ小野小町は小女、和泉式部は和女などと呼んでいるのか、と尋ねると、紫式部と清少納言を一組にして比較対照することが彼らの習慣なので、そんなことになっているらしいと友人は語り、それから何十年もたって、たまさか本屋で「枕草子」の本が並んでいるのを見たとき、懐かしさの感情とともに清女と紫女の話を教えてくれた友人とわたしとの関係の昼と夜とがよみがえり、あいつはいまどうしているだろう、生きているのか、あの日はけっきょく彼が豆腐屋のアルバイトに行くのでいっしょに彼の下宿を出て闇の夜をふらふら帰ったのだが、「枕草子」のどこかに夜明け方男が帰ったあと女はなんだか暑苦しいので縁先に出てだらしなくしていると、別の知り合いの男がどこかの女のところからの帰り道にあたりまえのようにやってきて、縁先に腰をかけ欠伸まじりにしゃべる戯れ言の相手をしながら、さっきここから帰っていった男も今頃は別の女のところに立ち寄り欠伸まじりに戯れ言をしゃべっているのだろう、と思う、そういう話があったのを思いだし、こういうことを書く人は、清女ではなくちゃんと清少納言と呼ぶべきだ、という判断を得たが、それはその当時もこれを書いているいまも正当なことだろうし、なにしろあの人は人をあしざまに記述する才能に恵まれていて、あの人の指摘はまさにそのとおり、というしかないのだが、友人は卒業するとすぐ放物線に乗って山のあなたに去っていき、わたしは循環線に乗ってぐるぐるするばかり、黒い煙と白い蒸気のSLも鉄路の果てで錆びついて、時のように川が流れ、人のように泡が消え、鐘のように空が響き、花のように風が舞い、鳥は鳴いて去り魚は泣きぬれ、恐い蟹砂浜の女たちもみんないいなくなった。

神話断片および二、三の注解

*始原幻想

世界は大きな空だった
世界は大きな海だった
世界は大きな陸だった

大きな世界の始まりの
大きな天地の始まりの
大きな万物の始まりの

その親たちの始まりの
その始まりの親たちの
その親たちの始まりの

はるか彼方の始まりの
はるか彼方の始まりに
常に立つ姿なき神の幻

*スサノオのスケッチ

イザナキノミコトのお鼻からお生まれになった
スサノオノミコトはお父上のご意向にも従わず
こんな国を治めるのは俺様にはふさわしくない
十日歩いても見渡すかぎり葦原ばかりの泥の地
吹きわたる風にその穂先葉先がざわめく泥の地
俺様はこんな中途半端な国は御免こうむりたい
いっそ地の底のお母様の元へ行ってしまいたい
髪も髭も伸びるにまかせ鼻水とよだれをたれて
地団太踏み朝になっても夜がきてもわめき泣く
大風が吹き荒れ黒い雲が沸き上がり千切れ飛ぶ
大雨が山を削り泥水がうねり渦巻いて流れさる
丘も野も樹木も草も田畑も小屋も人も流れさる

＊始原物語

周知のことだろうが話はこうだ。勇猛なる大戦士スサノオは、父なる天地創造大王イザナキの葦原の中つ国を治めよという意向を拒み、母なる天地創造大女王イザナミのいる真っ暗闇の根の国に去ろうと思い決め、まず姉なる高天原の統治女王アマテラスに別れを告げるべく、たちまち巨大な竜巻と化して天高く昇っていった。そのすさまじさにアマテラスはわが領土を奪い取る野心ありと見なし、迎え撃つべく髪を男の髪形みずらに結い、厳めしく武装して出陣した。ここに両者は告別か侵略かどちらの言い分が真実かを「誓ひ《うけひ》（誓約）」をおこない神に伺うことにし、その結果勝ち誇ったスサノオはアマテラスの田の畔を壊し、機屋に馬の生皮を投げ込むなどの乱暴を働いた。アマテラスは天の岩戸に隠れ、世界は闇が支配することとなったのだが、……再びアマテラスが姿を現わして、スサノオは出雲に追放され、ヤマタノオロチを退治したりするが、……結局オオクニヌシが国を譲り、天つ神が国つ神を支配することとなった。

アマテラスの出陣

ここに――
アマテラスオオミカミ
髪を解きみづらに結い
裳すそを縛って袴とし
ひだりみぎのみづらに
八尺《やさか》の勾玉を結いつけ
ひだりみぎのかいなに
五百津《いほつ》勾玉管玉を巻き
背に千本の矢筒を負い
脇に五百の矢筒を抱え
バンバン弾く鞆をはめ

弓腹ふりたてふりたて
剣《つるぎ》の柄をがっしり握り
堅い地面に踏みなずみ
堅い地面を踏みくだき
淡雪のごと踏みなずみ
淡雪のごと蹴散らかし
厳かにいでたちたまう

アマテラスとスサノオの誓約

ここに——
天の安《やす》の河を中にして
天の安の河を中にして
アマテラスオオミカミ

スサノオノミコトの
十《と》拳《つか》の剣を
乞い取りて三段に折り
揺らら揺ら揺ららゆら
天の真名井の水に清め
嚙みにかみ嚙みにかみ
吹きだす息吹の霧より
まず生まれいづる神は
タキリビメノミコト
またの御名は
オキツシマヒメノミコト
次に生まれいづる神は
イチキシマヒメノミコト
またの御名は

サヨリビメノミコト
次に生まれいづる神は
タキツヒメノミコト
三柱の神生まれたまう
すでにして
スサノオノミコト
アマテラスオオミカミの
みづらに巻く八尺勾玉
かいなに巻く五百箇
みすまるの勾玉管玉を
乞いとり受けとりて
揺らゆら揺らゆら
天の真名井の水に清め
嚙みにかみ嚙みにかみ

吹きだす息吹の霧より
生まれいづる神の名は
マサカツアカツカチハヤヒ
アメノオシホミミノミコト
また右のみづらの玉を
嚙みにかみ嚙みにかみ
吹きだす息吹の霧より
生まれいづる神の名は
アメノホヒノミコト
また右のかづらの玉を
嚙みにかみ嚙みにかみ
吹きだす息吹の霧より
生まれいづる神の名は
アマツヒコネノミコト

また左の腕に巻く玉を
嚙みにかみ嚙みにかみ
吹きだす息吹の霧より
生まれいづる神の名は
イクツヒコネノミコト
また右の腕に巻く玉を
嚙みにかみ嚙みにかみ
吹きだす息吹の霧より
生まれいづる神の名は
クマノノクスビノミコト
あわせて五柱なり
これをもちて――
スサノオノミコト
雄叫《おたけ》びをあげたまう

まさしく勝った
わたしが勝った
すばやく勝った

右「アマテラスの出陣」「アマテラスとスサノオの誓約」の上演に際しては次のような演出もありうるだろう。

「アマテラスの出陣」。闇の中に篝火が焚かれ、太鼓、笛に導かれてアマテラスが出現、鋭い一笛を合図に、一行目が発声される。ただしアマテラスは所作だけで発声はその役割の者が行なうのがいいだろう。なお発声は、単純に歌うのでもなく謡うのでもなく唱えるのでもなく誦するのでもなく吟じるのでもなく語るのでもない、そのように工夫されなければならない。一行目が終ると、アマテラス以外の何人かの者らが力強い掛け声、たとえば「イエイエイエイ／イエイエイエイ」などを発する。二行目以下は、直前の掛け声が終るとすぐ始めることもあり、あるいは発声のあいだ低く演奏されていた太鼓、笛が前面に出てしばらく演奏することもあるだろう。最終行のあと、掛け声が一段と強く入り、しばらく太鼓と笛、鋭い一笛をもって終了。

「アマテラスとスサノオの誓約」は、アマテラスとスサノオが出現し、ほぼ前段と同じように進行するが、掛け声は前段とは別のものである場合もあるだろうし、かならずしもすべての行に必要ではなくてむしろ最小限にすべきかもしれない。最後の三行からは全員の大騒ぎ。

発声における各行の長さは四小節である。掛け声の長さも同様である。音節の数の不ぞろいは、声を延ばす、早口になる、休止をおく、ときに音節を繰り返すなどによって調整されるだろう。

アマテラスとスサノオは所作だけを行ない、発声は別の役割として別の者が行なうのがよいのは、遠い昔には、これは遠い昔にかぎることではないが、その場で発声される言葉はその場にいるみんながすでに知っていたのであり、つまり特定の誰かの所有ではなく、集団の所有だったからだ。

「古事記」、「日本書紀」の抒情的表現の記述はどうなっているか。形式面で整っている歌謡、和歌の場合は、直前に「歌曰」(「歌ひていはく」などとよむ)と記して、引用であることを明示し、改行したうえでそれらを記述している。ただし短いフレーズごとに改行することはしていない。この他に形式は整っていないが明らかに歌謡的な表現であると理解できるものがいくつもあるのだが、これらの記述には上記のような特別の配慮はなく、叙事的表現の記述の中にそれと同じ扱いで記入されている。記紀の神話、伝承、歌謡などの多くは口承の時期には祭祀などの特定の場で発声され、それはかならずしも固定されていず変化をつづけていたのだが、複数の筆録と編集作業を経て、その最終段階のものが現存の記紀として残っている。これらの任に当たった者は漢字の中国語使用、日本語使用に熟達していたから、記述の水準を口頭語から書記語へ改変するにあたって、歌謡的部分の表現についても書記語に特有の表現を部分的に加筆するなどのことがあっただろう。それでも原形がかなり保存されているから、つまり韻文としての特質が保存されているから、特に歌謡や和歌のように別個のものとして引用されていなくても、容易にそれと識別できる。ところが現在の一般的な詩は韻文の特質である各種の修辞法、たとえば反復、対句、韻律はほとんど使われず、隠喩などが使われるくらいで、(これはたくさん使われる場合もあるが、）だからその文体はどちらかといえば散文に近いか、散文そのものだ。そういう言葉の連なりを作者はそのときどきのなんらかの理由によってある長さで切って改行している。（この改行こそが現代の詩の大切な修辞なのだろうが、）かりに改行せずにつづけていけば散文になるだろう。（あるいは散文詩になるかもしれない。）いまかりに改行せずにつづけたものを元通りの改行にもどそうとしても、一行の長さにかんする一般的な規則がないのだから、誰がやっても同じにすることはむずかしいだろう。もちろん現在は古代と比べれば紙は貴重ではなく、印刷などの技術も向上しているから、改行で行数が増えても大した問題ではなく、無自覚にあるいは恣意的にやってもいいなどということはあるはずもなく、（才能に任せてならあるだろうが、）しかし一つの行がなぜそこで終りになるのか、そしてなぜ次の行がそこで始まるのか、そこには一般則のようなものはない、あるいはないという判断のもとにしていることだから、改行にかんしてはその都度そうなることの根拠、妥当性の説明がどこかに用意されているべきだろう。なお参考までに言えば、現在、短歌を文字にする場合、文字数が一行に余ればつづきを次の行に移している場合が多いだろう。つまりあくまで紙の面積の問題だ。また石川啄木の三行書きの短歌に曲をつける場合、言葉がどのように配置されているかも興味深い。

歴史学、考古学あるいは神話学の想像力が、この国の神話に向けられるとき、どれほどの深度まで届くものか、それを大きな驚きとともに知ったのは、益田勝実の「秘儀の島」(「文学」一九七一年四月号〜六月号『秘儀の島』筑摩書房、一九七六年)においてだった。この論文は、一九五四〜五年、一九五七〜八年に実行された考古学の沖ノ島の遺跡群の発掘が明らかにしたことと紀記に記述されているアマテラスとスサノオの誓《うけ》い神話との関係について、関連諸事項を詳細に検討しつつ解明している。それを原文をなるべく引用する形で紹介する。古墳後期前半の七号遺跡の「西側は馬具中心の供献品、東側は挂甲・矛・剣・盾中心の供献品、そして中央が鏡・玉・刀類の神の依り代《しろ》という祭りの庭の具体像、刀身の中心部が中央に多く、切っ先部が西側に多い、……中央部の玉の集積は、実に判然と三箇所に分けられてさえいる。」これは「古墳中期初頭と目されている十七号遺跡やほぼ同時代と見られている十九号遺跡など、I号巨岩群の岩棚の祭壇とは、ずいぶんと違う。I号巨岩をめぐる岩棚に露出した遺跡は、十七号に二一面、十八号に四面、十九号に二面、十六号に三面の鏡が発見されており、極めて狭い場所での鏡を多く用いる祭祀であった。それに対して、D号巨岩の七号遺跡の祭式は、鎧や馬具をもち、岩蔭のはるかに広い場所で展開され、そのままになって残っている。岩蔭の祭祀は、巨岩を依り代と仰ぐことを止めて、玉飾り、もしくは木の枝にかけられた玉飾りに神の依り代を見出しはじめたのではなかろうか。」「挂甲が積み上げられた礫八個を包んで残っていることとは、」それが「立てて置かれ」、「祭式の中では、」「それを着ている人ないし神の想定でないわけがない。横に鉄矛が倒れ、前に盾が倒れていた。盾は二個の平たい石の上に倒れかかっていた。石に支えられて立っていたかもしれない。盾を立てて防禦の姿勢で場に臨んでいるのは、いったい誰れだろう。」「それと西側から向き合っているのは、馬具群」なかんずく立派な鞍、つまり「その背に跨がった騎馬の武者」であり、そして彼は大きな金製の指輪を身に着けていた。「この二人の間、中央部では折れた刀身がいくつも転がり、その切っ先はというと、騎馬の武者の方へ飛んできている。そして、中央の奥に、三柱の玉の飾りを胸にかけた女神が立っている……」さらに鏃も遺跡の中央部に散乱し二三五本出土しているのだが、これについて「ウケイの前に、アマテラスはスサノオに雨のように矢を降り注いだ」のであり、そのように「演出されていた」としか考えられないという。（ここにいう三柱の女神とは誓いにおいてアマテラスが産んだ女神たちで、宗像の君が沖ノ島などに祭っている。）

このような遺跡の状況は「アマテラスとスサノオの誓《うけ》いの伝承が、自然発生的な神話ではなく、「大和朝廷の高度な政治的配慮が、出雲の祖神《おやがみ》スサノオがアマテラスに二心ないことを誓って、ウケイでそれを確証しえた話を創り出し、その副産物の形で、宗像の君や……多数の地方豪族の系譜を、中央の神話体系に繰り込みえた」ことを示しているという。

記紀は古い伝承を単純に筆録したものではなく、大和朝廷の正当性を保証するように多くの伝承を編集したものであり、また服属集団の伝承に関してはかれらの現在の地位、役職などの正当性を保証するように編集してある。執筆に際しては、たとえばストーリー展開において伝承と伝承との継承関係、あれこれの出来事の因果関係、また言語表現のレベルにおいては書記言語特有の形式を採用するなど、あれこれアレンジを行なっている。記紀についてはこのような編集やアレンジによる加工のあることが一般的な理解だと思うが、この論文はこの誓いの場面に関して、これは新しく「創り出し」たものだといい、さらに「六世紀の大和朝廷が、神話づくり、特に出雲服属の神話づくりのために、沖の島での祭式を案出するまでに心を労した」のには「切実な現実的必要があったのではないか。」という。だからこそその真実性を保証するために、言語表現の水準にとどまらず、新しい祭祀を創出しなければならなかった。大和朝廷から派遣された使者は、瀬戸内海を航行し、博多を経て、沖ノ島に渡った。「幻想を外在する物で保証していく想像の往路は、外在する物づくりで、逆に想像の伝承性を確立させる復路を開いている。沖の島へ神話づくりに渡ってきた大和の使者は、島の神の磐境《いわさか》に分け入って、」「そこで新しい神話が祭式として厳修されると、それは、そのことでゆるぎない事実」となった。そしてなぜこの祭祀が沖ノ島で行なわれたかについては、「沖の島の三女神が登場することによって、新しく作られた神話は実在性をもつ。なぜならば、三女神が実在の神であるから。全体が部分を保証するならば、部分も全体を保証する」という。

エリアーデのいうことを聞いてみよう（堀一郎訳『永遠回帰の神話』未來社、一九七九年第十刷）。

「集合体の記憶は非歴史的である。」「古代人の心性は、個人的なるものを受けつけることは出来ず、ただ規範的なもののみを保存するのである。」「民衆の記憶がはたらくその構造は、……事件の代りにカテゴリーが、歴史的人物の代りに祖型《アーキタイプ》があらわれる。歴史的人物はその神話的モデル（英雄等）に同化され、一方、事件は神話的わざ（怪物や敵対する兄弟との戦い等）のカテゴリーと一致させられる。」

遅くとも近代以降、歴史の一回性は自明のことになったはずだったが、しかし実態は祖型によって時間を制御しようとする企てが、共同体のレベルでも個人のレベルでも保持されてきた。徳川二五〇年は、四季の循環、農作業の循環、豊作祈願の祭りの循環、同じ社会的クラスに留まったままの世代交代、ひとびとの時間は生活においても心性においても始原と終末を循環した。そして明治以降においても、国際関係、国内状況、生活実態が時々刻々に変化したにもかかわらず、変化せざるをえなかったにもかかわらず、そういう心性と制度が保存され、再生されつづけ、遅滞と退行を生みだしていた。もちろん歴史の一回性がすなわち進歩だといっているのではない。ただそのようなアナクロニズムと歴史の現実とのギャップが大きくなればなるほど結果として現れる破綻が大きくなる、そういう事態を招いていたのだ。わかりやすい例の一つをあげる。芸能における神楽はもともと神に捧げる祭祀だったが、現在は娯楽のプログラムの一つになっていることが珍しくない。そうしなければ「保存」できないのだ。スサノオのヤマタノオロチ退治はよく見る出し物で、きらびやかな衣装と見事な作り物と派手な音響が観客を喜ばす。ここにあるのは形だけの祖型だ。

歴史の一回性がひとびとに与えている困難の大きなものは記憶の不確かさだろう。戦争被害の悲惨や自然災害の痛苦の実情が時間と共に忘れられていくのを、それらを体験した人は困惑と怒りと絶望の中で思い知っている。歴史の同時代を生きる者は時間の経過とともに過去の時代においていかれる。これを克服する方法があるか。祖型か一回性か、様式か記録か、依拠すべき何かが求められるだろう。あるいは空間の交換、あるいは時間の複数化、表現する者はその方法を案出しなければならない。

＊＊始原幻想

☆

世界は大きな空だった
日が昇り明るくなって
夕闇の空に月が昇って
月が満ちて月が欠けて
月日がめぐりつづける

世界は大きな空だった
黒雲がみるみる広がり
大風が吹き大雨が降り
稲妻が闇空を切り裂き
雷鳴が大地を連打する

★

目覚めると
１３８億年が過ぎていた
白い爆発
いっしゅんの
晴天があった？
果てしなく膨張し遠ざかる果て
の果ての果て
その果て
に戻ってくるのだろうか
見上げる
ベルベットの夜空
むすうの針穴のような星々

見えない
暗黒の
絵

☆

大きな空には天空の王
の目玉その蒼い隈取り
大きな海には波浪の王
の目玉その蒼い隈取り
地底の国には冥府の王
の目玉その蒼い隈取り

★

空を行く船は

戻ってくるのだろうか？
果てから始まりへ
それとも
どこまでも
いつまでも
遠くなっていくのか
闇の穴に吸いこまれ
船長は赤いサーチライトで行く手を探り
ぐるぐる回るコンパスの針に
眼を見開いて立っている

帆柱の折れた船から
疲れたはてた船長がよろめいて
蝶の標本箱を抱えて上陸してくる

ムラサキハタハンモンアゲハの
尖った翅の紫の旗の
帆紋の呪文が読みきれない
ハンモックの午睡の夢から覚めて
ついさっき渡ってきたはずの
かげろうゆらめく銀の河を
肩越しに振り向いている
失ったものは何もないのに
手に触れるものは何もない

☆

闇の奥に篝火を焚いて
大騒ぎの果てに彼らは
地底の穴に消えていく

戻ってくるのか彼らは
青い空から青い海から
眼鼻のない顔を作って

★

目の下に夕暮れの湾が見え
小舟が散らばって帰ってくる
湾を抱きこむ両腕のように
湾の口の左右から伸びている
岬の先端の
それぞれの白い灯台に
それぞれの灯りがともる

外洋は

大きな夜につつまれる
波の果てからよせる音
波の果てへとかえる音

その人は
長い航海から解放され
落ちてきた星のように
海の底へとさらわれる

わたしは
灯りが消えない部屋で
物語の外へ出るために
語りつづける

うちよせる波の音
夜通し光っている
灯台のライト
もうすぐ朝だ

あとがき

詩と小説、詩と随筆、これらの対比は、ジャンルの別を示す。詩と散文といえば、これも同じともいえるし、これは韻文と散文という文体の別を示しているともいえる。現在、詩を考える場合に、これらの区別を明確にしていないことがある。散文詩というのは、文体が散文の詩という意味だろうが、それで詩ということになっているのだが、何の問題もないのか。たとえば韻文の小説があるのか、と問えば、そんなものは現在ないのだろう。（あるかもしれない。そしてそれを散文詩という人がいるかもしれない。それでいいか。）萩原朔太郎が口語で詩を書こうとしたとき、口語とはすなわち散文のことだった。彼の苦闘は、それを単純に使用してそれで詩になるのか、という一点にあった。わたしたちはまだ彼が苦闘した現場にいると判断するべきだ。何となく行を分けてそれで詩を書いていると思っていいか。わたしは『詩行論』で「詩の一行は何が決めるか」という問いを立て、この問題を考えてみた。そしていまもこれを課題としている。

詩で何もかも書いてみたらどうか。たとえばホーラティウスには書簡詩があるし、追悼の詩はよく見かける。あるいは墓碑銘の詩があることも知られている。それでは随筆の詩もありうるだろうし、小説もあるかもしれない。詩の台本、詩の書評……。単に定義の問題として棚上げするのではなく、現在の詩について、あるべき詩について、徹底的に考えてみるべきだろう。

わたしは自分の実生活の実際をそのまま単純に詩に書いたことがない。読者にとって、いま読んでいる詩が一つの現実である。そしてその詩の作者は、その現実の外の人である。作者はどこかよく知らない別の世界にいるのだ。考えなくていい存在である。そういう文学観でやってきた。わたしはこの詩集の中の二、三の詩に、わたしの実生活、実体験であると自分で思っていることをそのまま単純に数行ほど書いた。つまりわたしがその時いた場所からそれらの言葉が直接そのままでやってきた、そういう形だ。無分別にも、読者がいま詩を読んでいる現実に、作者がのこのこ顔を出してしまったのだ。この経緯をくわしく考えてみる必要があるだろうが、さしあたりわたしがシリウスにいたことを根拠にしてこの詩集のタイトルを考案した。

異なるジャンルの人たちとの〈共同作業〉として詩を書くことが何度かあった。この詩集にもこれに関係するいくつかの作品を収載している。「マンダラ」の「I」については長くなるがあらましを注記しておく。髙原洋一氏の版画「Atmosphere」作品群中の九点の画面構成要素の一部として同一画面に刷られ、「大気マンダラ」の名称で一括され、その他の多数の「Atmosphere」作品群とともに、二〇一三年、「始源へ・交差する想像力曽我英丘×秋山基夫×髙原洋一」展を構成する一部として、奈義町現代美術館で展示された。同じ年、冊子『大気マンダラ』として刊行された。今回構成を改め、語句もいくらか改変して収載した。すべての〈共同作業〉の関係者にあらためて謝意を表したい。

最初の詩集を世に出してもらった思潮社から、一つの到達点である本詩集も出ることになった。小田久郎氏、藤井一乃氏にあらためて感謝を申し上げる。また装幀に工夫を凝らしていただいた則武弥氏にも謝意を表したい。

二〇二〇年春　　　秋山基夫

初出一覧

「マンダラ」Ⅰ（あとがき参照）ⅡⅢⅣⅤ書き下ろし／「パープルレター」「早稲田文学」２０１８年春号「デビュー50周年記念特集金井美恵子なんかこわくない」二〇一八年／「和歌二十八首を読む」書き下ろし／「パントマイム上演台本三曲」「どぅるかまら」二十六号二〇一九年／「雷神伝素描」『岡山県詩集２０１７』二〇一七年／「私小説」「どぅるかまら」二十一号二〇一七年／「句集評」「どぅるかまら」二十二号二〇一七年／「書家曽我英丘を悼む」「どぅるかまら」二十三号二〇一八年／「随筆」「どぅるかまら」二十五号二〇一九年／「神話断片および二、三の注解」書き下ろし

秋山基夫（あきやま もとお）

詩　集　『旅のオーオー』（第一詩集思潮社一九六五年）『カタログ・現物』（かわら版）『窓』（れんが書房新社）『二重予約の旅』（思潮社）『十三人』（思潮社、第一回中四国詩人賞）『家庭生活』（思潮社、第十六回富田砕花賞）『岡山詩集』（和光出版）『二十八星宿』（和光出版）『オカルト』（思潮社）『薔薇』（思潮社）『月光浮遊抄』（思潮社）他

長編詩　『夢ふたたび』（手帖社）『宇津の山辺』（和光出版）『ひな』（ペーパーバック）他

詩選集　現代詩文庫『秋山基夫詩集』（思潮社）『キリンの立ち方』（山陽新聞社）『神様と夕焼け』（和光出版）他

評論集　『詩行論』（思潮社）『引用詩論』（思潮社）『文学史の人々』（思潮社オンデマンド）他

シリウス文書《もんじょ》

著者
秋山《あきやま》基夫《もとお》
発行者
小田久郎
発行所
株式会社思潮社
〒一六二－〇八四二　東京都新宿区市谷砂土原町三－十五
電話〇三（三二六七）八一五三（営業）・八一四一（編集）
FAX〇三（三二六七）八一四二
印刷所
創栄図書印刷株式会社
製本所
加藤製本株式会社
発行日
二〇二〇年六月二十日